Klaus-Peter Wolf

Tigre y Tom

Ilustraciones de Jan Birck
Traducción de Susana Gómez

Título original: Tiger und Tom
© 1999. Klaus-Peter Wolf. Jan Birck
© 2005. De la traducción: Susana Gómez
© 2005. De esta edición, Editorial EDAF, S. A., por acuerdo con Loewe Verlag

Diseño de cubierta: Jan Birck

Editorial Edaf, S. A.
Jorge Juan, 30. 28001 Madrid
http://www.edaf.net
edaf@edaf.net

Edaf y Morales, S. A.
Oriente, 180, n.º 279. Colonia Moctezuma, 2da. Sec.
15530 México D. F.
http://www.edaf-y-morales.com.mx
edafmorales@edaf.net

Edad del Plata, S. A.
Chile, 2222
1227 Buenos Aires, Argentina
edaddelplata@edaf.net

Edaf Antillas, Inc.
Av. J. T. Piñero, 1594
Caparra Terrace
San Juan, Puerto Rico (000921-1413)
edafantillas@edaf.net

Edaf Chile, S. A.
Huérfanos, 1178 - Of. 506
Santiago - Chile
edafchile@edaf.net

Septiembre 2005

I.S.B.N.: 84-414-1671-0
Depósito legal: M- 33920-2005

PRINTED IN SPAIN   IMPRESO EN ESPAÑA

Gráficas COFÁS, S. A.

Índice

Tigre y Tom

Tigre no es un tigre.
Tigre es un gato pequeño.

Tom encontró a Tigre.
Tigre, sentado en la calle,
estaba triste.

8

Estaba terriblemente sucio
y tenía miedo.

Tigre estuvo
a punto de ser
atropellado, pero
en ese momento llegó
Tom para salvarlo.

Tom se llevó a Tigre a su casa.

Ahora Tigre y Tom
siempre están juntos.

Todo lo que Tigre puede hacer lo ha
aprendido de Tom. Tom le ha enseñado
cómo comer del comedero.

y cómo poner la radio
a todo volumen.

Le ha enseñado
cómo trepar a un árbol.

Pero Tom no le
ha enseñado a Tigre
cómo salir del canalón.

¡Vuelo libre!

Allí está colgado Tigre.
Tigre ha saltado por
una ventana abierta.

Tiene miedo
de la aspiradora de mamá.

Tigre mira hacia abajo.
La gente y los coches se ven
desde aquí muy pequeños.

Entonces mamá
cierra la ventana.
Tigre se queda
paralizado allí arriba.

Maúlla lo más alto que puede. ¡Pero nadie lo oye!

Por ahí viene Tom.
Tigre lo ve al instante.
Tom es muy pequeño.

Junto a Tom
van Pit y Bea.
Pit lleva un balón rojo.

Tigre quiere ir hacia Tom.
Tigre salta.
Aunque no pueda volar.

Da un giro en el aire.
Quiere frenar, pero ¿cómo?

Tigre tiene suerte.
Tom consigue recoger
a su amigo.

Las uñas de Tigre desgarran
el suéter de Tom.

Tom acaricia a Tigre.
"Los gatos", dice,
"tienen siete vidas".

El depósito de chatarra

Tom, Bea y Pit
llevan a Tigre con ellos.

Quieren ir a la
pradera
que hay junto al
depósito de chatarra
y que tiene una
vieja portería.
Allí les gusta jugar.

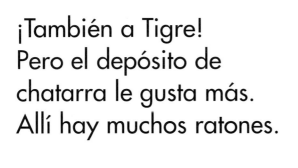

¡También a Tigre!
Pero el depósito de
chatarra le gusta más.
Allí hay muchos ratones.

El depósito de chatarra pertenece a Augusto.
Augusto es un hombre sombrío.

Augusto se parece
bastante a su perro Bruno.
Fuma cigarros apestosos.

Todos los niños tienen miedo
de Augusto.

Tigre tiene
sobre todo miedo
de Bruno.
Una vez, Bruno
lo ha estado
persiguiendo
por el depósito de chatarra.

Por suerte, desde entonces
Bruno está encadenado. 21

Tom, Pit y Bea empiezan
a jugar al fútbol.

Tigre va brincando hacia
el depósito de chatarra.
¡Quizá encuentre algún ratón!

¡Fuera de ahí arriba!

La torre construida
con coches destrozados
es enorme.
En lo alto se
ha posado un pájaro.

Tigre se acerca sigilosamente.

23

Trepa por las viejas
llantas, puertas y
asientos de coches.

Se encarama
hasta lo más alto.

24

De repente aparece
Bruno a la carrera.
Ladra enloquecido.

Tigre se queda helado.
El pájaro se va volando.

Bruno hoy no
estaba encadenado.
Augusto lo había olvidado.
¡Precisamente hoy!
Bruno muestra
los dientes y ruge.

Tom, Bea y Pit
permanecen tras la
valla y gritan: "¡Tigre!
¡Tigre! ¡Ten cuidado!".

Bruno salta sobre un
asiento de coche.
Quiere alcanzar
a Tigre.

Tom no
se lo piensa mucho.
Grita: "¡Ya voy, Tigre!",
y trepa por la valla.

Tom va corriendo
hacia la torre
de coches.

Bruno ladra a Tom
y empieza a acercarse a él.

Tom se quita
su chaleco. Se lo
enrolla alrededor
de su brazo.

Bruno ladra aún más fuerte.
Se acerca todavía más.

Por poco

Entonces Augusto aparece
corriendo por la esquina.

Antes de que Bruno llegue
a morder a alguien,
agarra a su perro.

Augusto deja
enganchado a Bruno a
la cadena y lo tranquiliza.

Tom tiembla.
¡Aunque solo un poco!

Y Tigre maúlla.
¡Pero muy bajito!

Augusto se da la vuelta:
"¡Podría haber llegado
a pasar algo terrible!".
Tom afirma con la cabeza.

Augusto solo se parece
un poco a su perro Bruno,
pero lo cierto es que
los cigarros
apestan igual.

"¿Y cómo vas a hacer
bajar al gato?", pregunta
Augusto a Tom.

"¡No hay problema!",
dice Tom.
"Somos amigos".

Tom quiere trepar a lo
 alto para agarrar a Tigre.
"¡No!", grita Augusto.

34

Entonces Tigre
salta a
los brazos de Tom.

35

Tigre maúlla. Esta vez
orgulloso y a todo pulmón.
Al final ha conseguido
cazar un gran perro.

Escalera de Lectura Edaf

Progreso
en la lectura
peldaño a peldaño

El gorrión lector
Tigre y Tom
Klaus-Peter Wolf · Jan Birck

El gorrión lector
Annelies Schwarz · Sabine Kraushaar
La bruja de las letras

6 años +

EL TIGRE LECTOR
Historias de detectives
Sabine Kebschull · Christian Zimmer

6 años

La rana lectora
La bruja Peperina
y la fiesta de los niños
Claudia Ondracek · Jan Birck

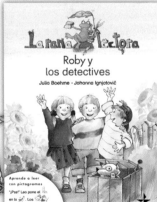

La rana lectora
Roby y
los detectives
Julio Boehme · Johanna Ignjatović

5 años +

El ratón de la J
Historias
del pequeño delfín
Udo Richard
Sabine Kraushaar

5 años